AF235639

© 2021, Dennis D. Doitsch
Herstellung und Verlag:
BoD – Books on Demand, Norderstedt
ISBN: 9783755714767

BÄSSA ANONÜM

ERFOLGREICH

Integrieren
Funktionieren
Abservieren
Produzieren
Egalisieren

Inhaltsverzeichnis

Kapitel 1:
Formularwesen

Formularlandschaft
Module
Urkunde
Verwaltungs- und VerfassungsG
Lohnsteuererklärung
Rechnungen und Mahnverfahren
DSGVO – Merkblatt

Formularlandschaft

Ausweise bringen, Ausweise kopieren
Ausweise senden –
Verifizieren und identifizieren!
Anmeldung, Abmeldung –
-STORNO-
Verwalten und dokumentieren –
Aktenporno!

Formulare, Anträge – Dokumentation
Nachweis und Nachweispflicht!
SENSATION!
Rechnung schreiben, Rechnung
senden!
Rechnungsbetrag prüfen, mahnen –
Bitte die Seite wenden!

Akten und Formularlandschaft:
B R D
Behörden, Ämter, Landkreise –
Ein einziges Datenmeer!
Steine im Weg, der Gang ist schwer!
Den absoluten klaren Durchblick –
Hat den hier noch irgendwer!?

Fristgerecht, Frist verstreicht!
Mist mit der Frist,
wenn die Frist frei – von all ihrer
Wirkung ist!
Barzahlung, Überweisung #OK#
Alles online getätigt!
Stempel und Signatur versehen!
Alles der Pflicht ordnungsgemäß
bestätigt!

Regeln, Gesetze und Formalitäten,
Paragrafen, Verstoße, Vergehen –
Bußgeldkatalog-Spezialitäten!
Nachweise – besser alle schriftlich,
denn nur mündlich ist sehr
unzuverlässig! Dann wird's erst
richtig stressig!

E-Mail-Eingang, E-Mail-Ausgang
Tür auf! Tür zu!
Eintreten und wieder raus dann!
Notizen, Termine –
Kalender Markierungen im Prio-
Gebrauch!
Kopf voll bis Anschlag!
Der Schädel er raucht!

Module

Einstufung! Testung!
Datenchaos im System!
Kursbenennung, Trägerkennung
Sie kommen, um mit Anträgen wieder
zu gehen!

Anmeldung! Prüfverfahren!
Daten sammeln und aufbewahren!
Deutschland deine überordentliche
Verwaltung!
Ordner und Belege –
Eine wahre „Paper-Haltung"

Unterricht wie in der Schule
„Bitte nehmen sie teil"!
Hier im Überblick: Die Module
Alpha-Kurse, Integrationskurse –
A B C
DTZ, Test: Leben in Deutschland
Orientierungskurs:
B R D

Zertifikate – Prüfung schreiben,
an den jeweiligen Prüfungstagen
Alles klar, oder!? Alle Klarheiten
beseitigt, keine weiteren Fragen!

Urkunde

Alles was hier zählt sind:
Scheine, Zertifikate – eine Urkunde!
Du bist schon seit Urzeiten, so
gesehen halt nur ein Ur – Kunde!

Scheine und Belege, die sind wichtig!
Ohne diesen Wisch, läuft hier was
nicht ganz richtig!
Dr. Prof., Techniker, Meister usw.
Achtung Wichtig: Zertifikat, so ist es
richtig!

Du musst hier alles belegen, so
besagt es die Regel!
Selbst zu deinem Tod bekommst du
eine Sterbeurkunde, dient die dazu;
„Dass du es hier geschafft hast"!?
Mal ganz im Ernst, eine Frage –
Für die ich bis heute, eine jede
Antwort noch nicht gerafft habe!

Zertifikat für einen Toilettengang!
Gibt's noch nicht? Fangen wir doch
damit gleich mal an! Urkunde für
den, der den dicksten Haufen macht!

Jetzt mal im Ernst, dass ich nicht lach!

Du wirst beurteilt nach Leistung,
oder nach Nase und Gesicht!
Schlecht schneidest du ab, passt du
dem Prüfungsausschuss nicht!

Alles Norm und Vorgabe –
Wonach sie richten, so sie erwägen
Hin und wieder fällt man durchs
Raster, Ausnahmen bestätigen die
Regel!

Müssen wir uns im Leben –
Beweisen, bewähren, bewerten!
Auch das letzte Hemd nimmt nix mit!
Wir alle müssen sterben!

Klassifizierungen sind also nix weiter
als, staatlich-politische Formierungen
Interessenverbände, Gewerkschaften,
alles sinnlose Gruppierungen!

Je mehr Räte und Organisationen –
Umso mehr, sie bei uns Bürgern
holen! Schon zur Kaiserzeit wurde
belogen und gestohlen!

Der Narr wird geköpft!
Das Volk es hat Spaß!
Der König er schröpft,
aber der Henker wars!

Jede Instanz braucht seine –
Lakaien!
In diesem Kasperletheater, hat ein
jeder seinen Platz in den Reihen!

Verwaltungs- und VerfassungsG

Sie machen dir nur Schwierigkeiten!
Du sollst Strafe zahlen –
Doch sie setzen sich hinweg, aller
Gesetzeswidrigkeiten!

Die haben ein System hier gemacht
Bestens durchdacht –
„Die Kleinen fängt man und die
Großen lässt man laufen"!

Gebt dem Volk Brot und Spiele –
Partys und Konzerte, dass sie sich –
Alle die „Bringe wegsaufen"!
Zigaretten und Tabakindustrie!
Die feiern hart ihre Kohle wie nie!

Verwaltungs- und Verfassungsgesetz
Nichts weiter als leeres Geschwätz!
Verwaltungs- und Verfassungsgericht
Wenn die Bürger sich bekriegen, dass
kümmert die da oben doch nicht!

Die haben ihre Ruhe, wenn wir uns
hier unten streiten!
Billiges Theater, was ein Film –
So leicht es zu begreifen!

Lohnsteuerererklärung

Lohnsteuer
Bruttogehalt
Alle wollen was vom Kuchen
Dir bleibt der Nettoerhalt!

Kirchensteuer!
Solidaritätszuschlag!
Die Haushaltskasse wird gefüllt,
dafür sorgt PAPI-Staat!

Steuergelder werden
Einkassiert, verplant und verprasst
Vaterstaat hat Vergnügen,
von du leider nichts hast!

Mehrwertsteuer!
Arbeitslosenversicherung
Ein Jahr Arbeitslosigkeit und dann –
Dann kommt die Hartz-
Grundsicherung!

Kfz-Steuer, GEZ, Strom, Miete –
Spritpreise –
Vaterstaat ist clever, kassiert ab –
Auf seine Art und Weise!

In den Schulen wird
Sozialverhalten benotet
Religion und Glaube schreibt man
groß! Man soll nur die Füße
stillhalten später! Das ist hier los!

Funktionieren ohne einen –
Mucks, ohne Murren!
Du bist lediglich das Stück Fleisch,
sie sind wie Katzen, die schnurren!

Rechnungen und Mahnverfahren

Verbote und Verordnungen
Gesetzeswidrig, es wird geahndet
Schlussendlich zu gut Deutsch –
Dein Geldbeutel wir entartet!

Bußgelder in sämtlichen Paraden
Blitzer auf den Straßen,
dies sind Deutschlands beliebteste
und treffsicherste Apparate!

Rechnungen und Mahnverfahren
Frist überschritten,
des Mandaten Ärger und es
Vertragspartners Bonus-HABEN!

Banken, Leasing, Kontoüberziehung
Kreditwürdigkeit –
Bürgen, Schuldner, die Paragrafen,
sie sind eine empfehlenswerte
Sehenswürdigkeit"

Ratenzahlung, Anzahlung
In Vorleistung treten
Ich würde den Reichen Sonderlingen,
auch gerne bei voller Leistung treten!

DSGVO – Merkblatt

Eine der lächerlichsten
Verordnungen, ist mitunter die
DSGVO!
Wo kein Hahn kräht, da kräht der
Hahn nicht, wie!? wo!?

Wo kein Kläger ist –
Da ist auch kein Richter!
DSGVO – war so viele Jahre egal!
Doch dann kam ein cleverer Wicht!

DSGVO – ist wie Klopapier!
Der „Wisch" wird unterschrieben –
Dann aufbewahrt und hinterher,
ja, da interessiert dies niemanden
mehr!

DSGVO – Häng sie auf im
Bilderrahmen, über der Schüssel,
über der Spülung von deinem Klo!
Antragsformular – vergesse die
DSGVO! Hat sie ihre Berechtigung,
irgendwann und irgendwo!?

Unnötiges Blättchen, Formular!
Denn die Welt drehte und dreht sich
so herrlich, fein und wunderbar!
Mit oder ohne DSGVO, alles bleibt
doch ohnehin, so wie es schon immer
war!

Doch der Erfinder, wahrscheinlich
hochstudiertes Bürschchen!
Er will belobigt sein und werden!
Datenschutzbestimmung, als ob diese
hier jemanden wirklich jucken
würde!?

Kapitel 2: Integration

Eine fast perfekte Integration
Perfekte Integration zu Corona
Tagesablauf
Dies ist Integration
Personalisierung
Arbeitsstätte
Vorm PC
Bildungsauftrag

Eine fast perfekte Integration

Ich habe die Schnauze voll!
Ich friere mir hier den Arsch ab!
Hierbleiben soll und muss ich nun!
Hier komme ich so schnell nicht weg!

Dieser Saftladen ist mein Arbeitsplatz
Er ist sowas von: -ÜBERHAUPT
NICHT ZU EMPFEHLEN-!
Weiter bewerben, Stellensuche!
Ich muss Neues finden und wieder
gehen!
Kollegiales Miteinander!?
Dies entspricht einem wahren
Chaos und Durcheinander!
Ein kaltes unfaires Gegeneinander!

Ich will hier weg! Ich muss hier
schnellstens wieder raus!
Auf Dauer hält es hier der stärkste
Mensch nicht aus!
Morgens schon beim Aufstehen
Fühle ich Müdigkeit, bin erschöpft
und total platt! Ich fühle mich wie
„gerädert" als ob ein 18-Tonner mich
überrollt hat!

Perfekte Integration zu Corona

Integrationsstufe I
→Klopapier und Nudeln

Integrationsstufe II
→Sixpacks-Vorrat Wasser

Zur perfekten Integration:

HINWEIS:

Vergessen sie nicht Anträge zu stellen, für den sachgemäßen Verbrauch und Umgang von Klopapier und den auf Vorrat erworbenen Nudeln!

Tagesablauf

Morgens – erwachen und aufstehen!
In die Rolle der -FUNKTION schlüpfen
Nach der getanen Leistungspflicht –
Kurz ins eigene -ICH- hüpfen!

Wenn du ein Auto dir leisten kannst,
Autofahrt nach Hause (kurze Pause)!
Dann Mails und Post checken!
Formulare ausfüllen, Pflicht erfüllen!

Irgendwann am Tag –
Wenn Zeit ist, dann halt mal leben
Am Abend kann ich dann texten –
Ohne fremdbestimmten Hüllen!

Festgespeist als Mechanismus!
Ein Glied in der gespannten Kette!
Sicher geht's mir nicht allein so!
Ich sag´s dir! Jede Wette!

Tagesablauf durchgetaktet!
Stechuhr! Zeit um, Deckel drauf!
Bettdecke weg, mit Schlafstörungen-
Gute Nacht! Morgens wieder raus!
Und wieder von vorne – Tagesablauf!

Dies ist Integration

Meine Lungenwerte –
Sind seit längerer Zeit überhaupt
nicht mehr in Ordnung!
Ich bin nervlich nur noch ein Wrack!
Psychisch ein reiner
-TOTALSCHADEN-

Trotz all dem Schmerz, dem Leid –
All der nervlichen Auswirkungen wie;
-zittern-, -Muskelverkrampfungen-,
rauer Lunge-, -Nervenkribbeln-, und -
Augenzucken-, sowie -Hirn-
Überreizungen- - so stehe ich jeden
Tag wieder auf!
Ich gehe „aufrecht" aber innerlich bin
ich total fertig! Geknickt und
gebrochen!

Mein Atemweg ist verengt!
ich erleide Herzrasen und Atemnot –
Hervorgerufen durch Überforderung
Auch zwecks dem stetig und
permanent erhöhendem tollen geilen
gesellschaftlichen Leistungsdruck!

Meine Lunge schmerzt –
Als würde sie mit einem Reibeisen
gerieben werden!
Ich bin, total am Ende, total krank!
Gesundheitlich total im Arsch!

Dies alles interessiert hier im Leben
keinen!
Hauptsache man funktioniert und
macht fleißig seine angeforderte
Scheiße!

Wenn du diesen Zustand erreicht
hast – diesen fühlst und lebst!
Herzlichen Glückwunsch!!!
Dies ist Integration, in unserer
westlichen wirtschaftlichen Welt!

Personalisierung

Eine totale gelungene Integration
Gibt nur bloß Schwierigkeiten –
In der Verständigung sprich in der
Kommunikation und in der Daten-
Dokumentation!

Asylbewerber sollen Deutschkurse
besuchen – Integration mit und ohne
Alphabetisierung
Leistungsbescheide, Berechtigungen
und/oder Verpflichtungen Papier
über Papier schon vor der Anmeldung
bei all der Personalisierung!

Sie sind bemüht, hier die deutsche
Sprache sich anzueignen
Doch Behördengänge und Anträge,
wie sollen sie wissen, wie es alles
funktioniert, ohne sie im Chaosablauf
zu begleiten!?

Das Amt schickt sie zum Kreis-Job-
Center, von dort geht's weiter zum
Kursträger – Anmeldeverfahren!
Unterlagen, Komplikationen –
Alles total abgefahren!

So gelingt doch sehr gut und
ausgezeichnet eine –
ERFOLGREICHE INTEGRATION-!!!
Wenn man sie eben schickt von einer
zur anderen Institution!

„Den Weg in die Gesellschaft ebnen"
Damit wirbt das Amt
-Bei so vielen Hindernissen und
Hürden, auf allen bürokratischen
Wegen!? Aber bitte!?

Seid gegrüßt, seid willkommen –
In dieser Zivilisation
In dieser herrlich schönen -
Industriellen Revolution!

„Politisch Verfolgte genießen
Asylrecht"!
Also dieser Werbeslogan -BAMF-!!!
Also mal echt!?

„Den Menschen im Blick – ihm
Sicherheit geben"
Alles klar, ihr habt es drauf!
Aber nicht in diesem Leben!!!

Arbeitsstätte

Jeden Tag –
So betrete ich diese Arbeitsstätte
Eine andere,
ich so gern doch hätte!

Wieder mal, so ist auch hier –
Alles so zerfahren!
Hier in diesem –
Beschissenen „Lulatsch-Laden"

Anweisungen und Aussagen,
sie sind hier minütlich widersprochen
Eben erst entschieden,
folglich wird's Gegenteil
ausgesprochen

Ich habe die Schnauze –
Echt dermaßen voll!
Ständig stelle ich mir die Frage,
täglich; „Wie's weitergeht und was ich
machen soll"!?

Ich bin aus dem Raster,
aus dem Muster längst gefallen!
Ich liege schon im Dreck, kann
demnach nicht mehr tief zu Boden
knallen!

Arbeitsplätze sind nur noch –
Schauplätze von psychisch und
vermurksten Gestalten – betrieben!
Welche die uns zerstören und unsere
wertvolle Lebenszeit verwalten!

Ich fühle mich derzeit so unwohl –
Am Tag an diesem Platz!
5 Tage die Woche, manchmal auch 6
Dieser Laden raubt mir meine Kraft!

Mein seelischer Zustand, Ermüdung
Erschöpft, meine Kraft ist am Ende!
Eine Qual in diesem Betrieb!
Die Zeit in diesen vier Wänden!

Gefühle und Zustände –
Diese sind lange vertraut, sind nicht
neu! Scheiße fällt vom Himmel herab!
Hier trennt sich vom Weizen, die
Spreu!

Drum sei dir geraten zur Integration
Beobachte auch du gut,
Umfeld, Kolleginnen/Kollegen –
Ein Gesamtbild der Situation!

Lerne die Menschen kennen, viele –
Denn es gibt gute,
auch gibt's schlechte!
Sie sind alle so verschieden!

Viele die sich da –
„Freunde" nennen
Doch dann lassen sie dich –
Rigoros und ohne Gnade verbrennen!

Vorm PC

Heute ist wieder so ein Tag
Chaos und Durcheinander,
wie es bisher halt, hier so üblich war!
Allerdings sitze ich heute allein hier
am Platz –
Am Schreibtisch, vorm PC –
Keiner der Hektik schiebt und ich
spüre Ruhe, weil mir alles am Arsch
vorbei geht!

Integration bedeutet auch,
so stelle ich fest –
Abgrenzung, lernen musst du sie –
Für mich doch leider ein Härtefall,
ganz echt!

Datenmüll im Datensystem!
Datenpflege, an ihr es hier fehlt!
Dann wird gewuselt, gewühlt –
Panikwellen brechen los und Hektik
wird vertrieben!
Hätte man halt von Beginn, sorgfältig
Datenpflege betrieben!

So schalte ich nun innerlich –
Gerade ab! Ich fahre mein System
herunter!
Ich schalte ab, suche mir etwas
Neues –
Ich bin der Kündigung sehr nah!

Es belastet mich, meine Psyche
ungemein!
Weil ich leisten soll, was ich
überhaupt nicht kann!

Mühselig ist es alles und ich habe
auch keinen Nerv dafür!
Ich zähle die Tage, fürs letzte Mal
Verlassen an der Ausgangstür!

Bildungsauftrag

Es sind tatsächliche und
wahrheitsgemäße Ereignisse –
So verfasst sich dieser Text, in seiner
so vollendeten Form!

Jeglicher Aufwand –
Für eine jegliche Durchführung,
über Telefonauskunft, Nachfrage,
Rücksprache, Papier... es ist enorm!

Leute sollen Kurse belegen
Anmeldungen sind erfolgt, es wird
vorgearbeitet!
Plötzlich dann zum Kursbeginn, sind
diese dann verzogen, wohnen bei
Freunden, schlafen bei Verwandten –
Sind sogar am Arbeiten!

Keinerlei Überblick mehr!
Obwohl Nachweise und Statistik doch
geführt sind!
Zeitarbeit ist mit im Spiel! Umzug zu
Freunden und Verwandten, ein
großes Chaos in dem wir hier sind!

Kursgebühren sind bezahlt oder –
Halt eben mal angemahnt!
Anträge gestellt, unterschrieben,
kontrolliert und genehmigt!

Hier weiß keiner,
so richtig was er denn tut!
Aber alles –
Ja, alles wird sofort erledigt!

So wird doch fleißig –
Um jeder Person Fleisches –
geworben!
Zeitarbeit und Bildungszentren, sie
alles doch erheben –
Denn mit jedem Menschen, kann
man hier halt Geld einnehmen!

Unterkunft und Arbeit
Arbeitsvertrag in der Zeitarbeit!
Kurse, Maßnahmen – Menschen
verwalten!
Plan zur ordnungsgemäßen
Durchführung –
Um einen jeden Tag zu gestalten!

Anwesenheitslisten
Entschuldigt oder gefehlt!?
Auswertung, Evaluation und
Meldung, man darüber hinwegsieht!

So frage ich mich doch –
Was ist der Bildungsauftrag!?
Im Kreis sitzen,
Maßnahme – wie wunderbar!

Arbeitslos?
Nix zu tun?
Dann geht's in einen Kurs!
Nix ausruh'n!

Die Zeitarbeit unterstützt –
So herrlich und fein das Arbeitsamt
Scheißegal, wenn man auch von dem
Lohn, nicht leben kann!

Kapitel 3:
Welt der Arbeitsplätze

„Lulatsch-Laden"
Dieser geniale Arbeitsplatz
Digitale Verwaltung
Zum Arbeitsplatz
Fachgerecht
Stand der Dinge
Zurück im „Lulatsch-Laden"
Nicht mein Interesse
UNTERNEHMEN
Arbeitsstelle

„Lulatsch-Laden"

Hier herrscht ein Durcheinander –
Und ein regelrechtes Chaos!
Teilnehmerdaten – diesbezüglich sind,
Sachbearbeiter und Fallmanager am Erfragen!
Tja, meine Damen und Herren –
Was soll ich denn dazu sagen!?

Hier fehlt es nur etwas an –
Ordnung, Organisation, vielleicht an einem
System –
Am Koordinationsmanagement!
Ich bitte um die Hoffnung – sie verstehen!?

Hier geht's halt etwas leicht –
Desaströs drunter und drüber, ja meine Güte –
Alles normal! Zumindest hier!
Hier ist alles im Eimer, Loch in der Tüte!

Fahrtkostenanträge sind angehäuft!
Müssen halt alle noch bearbeitet werden...
Aber was soll's!? – Nur die Ruhe! Alles gut!
Was nicht gut ist, es wird besser werden!

Die Datenpflege, sie ist leicht katastrophal!
Anrufe von Ansprechpartnern,
Ansprache und Reaktion –
Diese ist überaus kolossal!

Eine Dame von der Kreisverwaltung,
Behörde, somit vom Kreis-Job-Center –
Sehr empört war sie!
Denn Rückmeldungen und Informationen,
diese erhalte sie ja, bekanntlich leider nie!

Seit 2 Wochen sitze ich hier –
An diesem wundervollen und tollen
Arbeitsplatz!
Hier trudeln allerlei Anmeldungen ein –
So, wie ich sie noch nicht gesehen hab'!

Ein dicker Ordner voll mit Unterlagen –
Beschriftung lautet: NOCH BEARBEITEN
„Ihr könnt mich echt mal gerne haben", denke
ich mir!
Ich schreibe dazu diese Zeilen!

Zu meinem Erschrecken muss ich feststellen,
ich bin hier in einem „Lulatsch-Laden"
Ich kann es leider nicht anders formulieren!
Ich muss es deutlich mal so sagen!
Spannend und recht lustig,
ist was hier läuft und was geschieht!
Dieser Text hier wird wieder ein Hit-
Wie ein – Alltagsleben; Arbeitslied –

Jeder Saftladen ist leider,
besser aufgestellt als dieser Schuppen hier!
Außer einmal laut und lange zu lachen –
Bleibt mir nicht viel übrig hier!

Ich melde eine Prüfung an –
Im gleichen Moment klingelt das Telefon
nebendran
Eine Mail wird zeitgleich im Posteingang
vermeldet!
Vorne und hinten, hinten und vorne – Vorgang
beendet!

Vor zwei Wochen habe ich hier begonnen –
100.000 Fälle habe ich bislang schon
abbekommen!
Die Chefin ist mehr außer Haus als wie, dass sie
den Laden leitet –
So wird alles auf mich verlagert und
ausgebreitet!

Tägliche Listen
Dokumentationsnachweise
Alles geht unter im Papierstau!
Also wie überall – die übliche Art und Weise!

Hier kommen Leute her, mit Papier oder ohne!
Mit Berechtigung oder ohne!
Leistungsbescheide, Berechtigung zum Besuch
der Maßnahme
1,2,3,4, xxx – Weiß der Teufel noch was für
welche!

Ich sage euch; „Junge"!
„Welch ein hochqualitatives Chaos"!
Es ist ein Durcheinander vom Allerfeinsten!

Hier weißt du nicht mehr wo links und rechts
ist,
nix läuft hier, dies aber am aller meisten!

So arbeite ich wieder mal –
An einem Arbeitsplatz mit einem
Hochqualifizierten Chaos
Damit verbunden auch eine Strukturlosigkeit
Mehr Struktur, hatte ich sogar –
Während meiner gesamten Arbeitslosigkeit!

Wichtige Beurteilungen wie;
Zwecks Verlängerung einer Maßnahme von
Personen –
Wird geschmiert auf einen Schmierzettel,
immerhin mit –
Signatur und Stempel, welch hochklassifizierte
Dokumentationen!

Diese werden dann versendet an:
Bundesamtliche Instanzen!
Wenn die, diese angenagten Blätter sehen –
Dann glauben die sicher; „Dass, hier auf den
Tischen,
gewiss die Mäuse tanzen"!

So sitze ich hier im letzten Dreck von Gomorrha
Ich sehne den Feierabend herbei!
Mit meiner psychischen Erkrankung –
Ist die Herausforderung hier, echt der letzte
Schrei!

ALLES SCHEISSEGAL –
Muss ich mir leider hier angewöhnen!
Ich will nicht mehr vom Hocker fallen –
Es würde sich nicht lohnen!

Der Kollege hier, ist noch obendrein –
„Sehr nett" denn legt Wert auf die Pflege von
Respekt!
Denn er mag keine Respektlosigkeit –
Lästert eben nur mal über die Kollegin in ihrer
Abwesenheit,
während ihrer Urlaubszeit!

Welch ein Laden, welch ein Schmodder!
Ich muss hier weg – und zwar schnell!
Dies steht für mich fest,
am besten bevor, der Tag wird wieder hell!

Macht alle Kurse, die ihr wollt!
Ist mir sowas von egal!
Macht was ihr wollt –
Hauptsache mein Abgang erfolgt am Stichtag!

Eine tolle gute und fachgerechte Einarbeitung –
Die ist hier leider zu 100% fehl am Platz!
Solange sie tun, als würden sie mich richtig
behandeln,
solange werde ich tun, als würde ich richtig
arbeiten!

Zudem gibt's hier zwei Telefone
Ein Diensthandy noch dazu!
Alles blinkt und alles klingelt – HAHAHA!!!
Doch mein Rollladen fällt einfach zu! YO!

Die wollen vieles, die wollen alles!
Vor allem immer kostenlos!
Was sie sollen, wollen sie nicht wissen!
Nur HABEN, schreiben sie groß!

Ein einziges Chaos –
Welches hier regiert!
Ich schalte ab! Ich mache „dicht"!
Das Beste was ich wohl –
Denke und festhalte, hier auf dem Papier!

Als getan und –
Auch als gemacht…
Die Dinge müssen laufen,
die Räder sollen rollen!

TDZ – TLD
PKZ – KJC
BAMF – Erlaubnis
Duldung – Genehmigung

Dieser geniale Arbeitsplatz

Keiner glaubt mir doch,
was sich heute am Arbeitsplatz –
Zugetragen hat und was ich,
dort kurioses erlebt hab'!

Zunächst einmal kam ein Klient
Teilnehmer eines Kurses, so man sie nennt
Er meldete sich krank und hatte auch
Formulare dabei
Aber seinem besagten Kurs, stand sein Name
gar nicht bei!

Dann bekam ich eine Anwesenheitsliste –
Von den Kollegen mit allen Unterschriften
Witzigerweise muss ich dies im System
hinterlegen –
Da waren weniger Namen als vorgemerkte
Unterschriften!

Das war noch gar nicht mal alles –
Als eine telefonische Krankmeldung mich
ereilte,
erfragte ich, wie der Name sei –
Zur Antwort erhielt ich Arzw 8,9,2!

Ein Kind rief an und meldete mir,
zur Meldepflicht die Mutter krank
Sie hätte Rückenschmerzen und dazu –
Wäre ihre Scheide noch erkrankt!?

Zu allem Clou noch obendrauf
Dachte ich, ich traue meinen Augen kaum!
Ein Mann kam mit neuem Ausweis rum‘
Auf dem stand wahrhaftig:
FIKTIONSBESCHEINIGUNG!
Gestempelt von amtlicher Behörde zum
Verdruss
Ich frage mich, warum ich denn noch
ordnungsgemäß –
In der Bundesrepublik arbeiten muss!?

Unsereiner macht sich verrückt,
wenn er mal arbeitslos ist oder Leistungen vom
Amt bezieht!
Hier flattern täglich neue Leistungsbescheide
und
Kostenübernahmen ein, dass man kein Land
mehr sieht!

Sie schreitet voran –
Mit großer Sensation
Welch ein Gelingen, zum Lob
Ein Hoch auf die Integration!

Für den Betrug sind alle Türen auch geöffnet
Denn Teilnehmer werden um ihr Fahrtgeld
betrogen
Getröstet werden sie mit den Worten;
„Heute Abrechnung, kommen sie wieder – bitte
morgen"!
Vaterstaat machts den Betrügern
Ja allzu leicht

Kein Wunder das Reiche reicher werden –
Das System bleibt ewig gleich!

Fakt ist leider;
Dass ich so wie ich aktuell lebe mit diesem Job –
Und einen Hungerlohn erhalte (Netto), also nix
verdiene,
sondern lediglich alle geforderten Leistungen
bezahlen kann!
Ich sitze stundenlang da am Tag, bei meinem Job!
Ein Arbeitsplatz mit Chaos und Durcheinander, so
darf ich mir dies antun!
Ungerechtigkeit und Missstand an Tatsachen, die
ich sehe und bearbeiten muss!
Ich fühle nichts weiter als Überforderung,
Gedanken über dieses kranke System und Arbeit,
wo man sich ins Burnout schießt!

Digitale Verwaltung

Alles läuft seit der Covid-Pandemie –
Primär defizitär – digital
Systemabstürze, überlastete Netze
Datenübermittlung sehr katastrophal

Beim Audit werden Mängel –
Diskutiert, wird geredet, belächelt
und geschwätzt!
Mängel werden behoben, später
irgendwann, Zeit dafür: -aktuell
keine-
Also nicht jetzt!

Arbeitsabläufe festgefahren im –
Ansprechpartner/in-Status-Stau!
Überall hört man; „Kollege/Kollegin
ist gegangen – oder nicht zuständig
Der Tag ist schwarz, ich mach gleich
„blau"!

Jeder soll alles, jeder muss!
Keiner kann's – aber alle wissen
Bescheid! So geil ist das Berufsleben!
Der Zukunft blüht eine geile Zeit!

Hauptsache aber;
Man spricht von der hochgelobten –
DIGITALISIERUNG
Totales Hirnversagen!
Der Mensch, die maschinelle
OPTIMIERUNG!

Spezifikationsklasse
Der mo(r)derne Mensch in aller
Zukunft mit –
Barcode und virtueller Kaffeetasse!

Zum Arbeitsplatz

An manchen Tagen weiß ich –
Einfach nicht mehr wohin mit all
meinem Schmerz, mit meinem Leid!
Ich trage es so viele Jahre schon mit
mir herum!

Mit jedem weiteren Tag –
Wird mein Knoten
Der in meiner Seele geschnürt ist
Härter und stärker!

Seit Wochen bin ich erkältet
Trotzdem gehe ich fleißig zum
Arbeitsplatz – denn ich „darf"
arbeiten
Ich darf funktionieren und meine
Leistung erbringen!

Alles auf was man uns –
Also den Menschen reduziert
Und wonach man ihn
Lediglich so herrlich definiert!

Mit ermüdetem Geist
Und mit gequälter Seele
Und dazu noch tiefes Leid

So stelle ich mich jeden Tag –
Wieder einmal mehr aufrecht!
Obwohl doch mein Inneres so
geknickt und so sehr gebrochen ist!

An solchen Tagen –
Wie in den letzten,
da frage ich mich immer mehr;
„Warum ertrage ich tagtäglich diese
Qual"!?

Fachgerecht

Er ist ein Schwätzer!
So ein richtiger Möchtegern!
Ahnung hat er von nichts!
Vom Wissen ist er allzu fern!

Fachbegriffe und
Das reine Fachwissen
Sind ihm völlig fremd!
Wie man so einen Trottel –
man denn fachgerecht benennt!?

Selbstsicher in seiner –
Völligen Ahnungslosigkeit
So etwas habe ich noch nicht erlebt –
in dieser Form, an keinem
Arbeitsplatz zu keiner Zeit!

Stand der Dinge

Wir sind so viele Menschen auf
diesem Planeten – auf dieser Welt
Doch trotzdem sind wir alle im
Singular, so unterschiedlich!

Wir sind einzigartig –
In unserer Ansichtsweise,
in unserer Gedankenweise,
auch in unserem Empfinden

Ich habe für mich die Form der Kunst
gefunden, die Kunst der Literatur,
des Schreibens – um meine
Gedanken, Empfinden zu verfassen
und zu festigen, gar zu teilen, zu
präsentieren

Ich erfriere regelrecht in dieser
Gesellschaft, in dem Arbeitsmodell!
Ich kann nicht richtig atmen, in
dieser Menschheit

Ich besitze, wirklich sehr viele
Träume, Ideen, natürlich Ziele –
Schöpferische Energie, eine wahre
innere Quelle!

Um meine Visionen in die Taten
umsetzen zu wollen!

Für mich als Einzelner, als Singular –
Als Mensch, Individuum, Betrachter,
Denker, Dichter und Botschafter, ist
es mir einfach zu primitiv im, vom
Menschen geschaffenen und
auferlegten Konstrukt so banal zu
funktionieren!

In dieser Gesellschaft, in der man
permanent und penetrant, abartig
und ekelerregend nur nach Leistung
und dem Erbringen beurteilt wird!

Meine schöpferische Energie –
Diese erleidet dabei depressive
Zustände, innerliche Tode!
In dieser verdammten, hektischen,
stressigen und chaotischen
modernen und manipulativen
Gesellschaft – einfach als Zahnrad zu
drehen, dann kann ich nicht!

Auch die, tolle globale Digitalisierung,
welche uns ja das Leben erleichtern,
verbessern und Flexibilität
verschaffen soll – es ist totaler
Bullshit!

Es ist alles ausgerichtet und
angerichtet, den Mensch so gläsern
und transparent zu halten, wie noch
niemals zuvor in der Geschichte!

Reine Kontrolle!
Reine Überwachung!
Wir alle sollen Smartphones haben
Sollen Onlineshoppen und
Onlinebanking betreiben!

Wir sollen nicht denken!
Wir sollen nicht überlegen!
Gar verstehen, noch hinterfragen!
Wir sollen einfach schlichtweg zu
allem hier, Ja und Amen sagen!

Wir sollen schlichtweg
FUNKTIONIEREN! AUSFÜHREN!
So, dass die obere Elite – die uns wie
Marionetten kontrolliert, behandelt

und bei jedem DEFEKT einfach
ERSETZT!

Es ist so grausam, schmerzhaft und
so depressiv stimmend, wenn man
diese ganzen, tollen systematischen
Abläufe durchschaut!

Wenn man bei ihnen mitwirkt!
Mitwirken muss!
Man mitfühlt, mitleidet –
Weil man ganz anders ist!

Ich bekomme Beklemmungen,
Atemnot – wenn meine
Gedankenspirale sich in Bewegung
setzt!

Defacto:
8 Stunden am Tag einen Job
ausführen!
Der A: nicht gefällt
B: der nicht erfüllt!
C: nicht die Berufung ist, sondern
uns an dieser in Wahrheit hindert!

Stupide und primitive Abläufe,
die weder mir dienlich erscheinen
Geschweige denn;
Sie mich fördern oder
weiterentwickeln!

„Gebt den Menschen Aufgaben und
Ablenkung, dass wir hier oben ein
geiles Leben feiern können"
Diese Worte, verbinde ich mit der
Politik und Wirtschaft, mit der
Hierarchie und dem geschaffenen
System!

Es ist so frustrierend, deprimierend –
Denn ich befinde mich schon so lange
Zeit, täglich aufs Neue in genau
diesem elendigen Dilemma!

Ehrlichkeit und direkte Aussprache –
Dies sorgt regelrecht für Ärger,
Ausschluss, zu einem „abstempeln"
Zu Konflikten, Differenzen und
Beschuldigungen staatsfeindlich oder
menschenfeindlich zu sein!

Weil ich;
„Der kleine dumme Bürger – sich ja
dem allzu treuem, meinem Vater-
Staat nicht gehorsam bin, weil ich
mich widersetze"!

Unbequem und ungewollt –
So wird man betrachtet –
Missachtet –
Verachtet!

Die schöpferische Quelle ist mein
Heilmittel neben diesen verfassten
Zeilen!
Das Schreiben ist die Medizin,
Fertigstellung –
Meine Vision ist die Vollendung!

Meine Art, meine Form von Kunst –
Sie ist für mich so überlebenswichtig!
Leider kann dies keiner verstehen!
So lebe ich, so leide ich, so schreibe
ich!

So fühle ich leider –
Mein ganzes und restliches Leben
lang! Diese Tragik, diesen
Gefühlssturm ganz allein!

Dieser Stau des Schmerzes –
Er lässt das Lachen erlöschen!
Die Seele ist längst eingefroren!
Dieses Leben, es ist ein kaltes!

Endlich mal wieder herzerfüllt –
Sachen machen!
Wieder mal Gründe liefern,
zum Lachen lassen!

Außer Herzrasen und Herzstechen,
so fühle ich schon lange nix mehr!
Betäubte Körperteile, Schmerz und
Leid, steckt in jeder Zeile!

Wieder höre ich ertönen-
„Geh mal Hilfe suchen"!
Ich wünschte mir so sehr, ihr
müsstet mein Leid, welches ich
erleide seit Jahren – nur mal einen
langen beschissenen Tag ertragen!

Dann würdet ihr nicht mehr;
„Wie geht's dir" fragen –
Und „es wird schon wieder" sagen!

Zurück im „Lulatsch-Laden"

Ach, wie ist das so schön –
Täglich darf ich in den Zirkus gehen!
Arbeitsplatz, so er sich nennt,
so viele Leute spielen ihre Rolle –
Wenn man genau hinschaut und sie
bestens doch kennt!

Hier gibt's Vollpfosten!
Auf jedem Posten – wahre
Schwachmaten!
Spezies – aller Arten und Sparten!

Hier gibt's Maßnahmen
Auch gibt's hier Kurse!
Inhalte, die sind so inhaltslos!
Absurd! Jacke wie Hose!

Ich habe Frust, ich habe Wut!
Mein Herz es brennt, ich schüre des
Feuers Glut!
Ich habe Wut, ich habe Frust!
Lustigkeit fällt aus dem Rahmen!
Welch ein Verdruss!

Verwaltung und Verweilzeit
Maßnahmen für vielerlei Leute!
Bundesämter und zuständige
Zentren, sahnen ab, sie machen
Beute!

Ob sie, wirklich etwas lernen!?
Ob sie, alle Prüfungen schaffen!?
Primär ist dies scheißegal, denn
es zählt nur der Betrag der Kasse!

Nicht mein Interesse

Dieser beschissene Platz,
er stimmt mich so richtig depressiv!
Bekanntes Gefühl, so ähnlich –
Es im Leben schon mal bei mir lief!

Alles was ich tun muss,
es ist nicht in meinem Interesse!
Scheißegal, wie viele Arbeitsplätze ich
im Leben auch noch wechsle!

Es ist der Schmerz, der Frust!
Die Aggression, dass meine Zeit
verstreicht! Träume und Wünsche
sterben leis', weil ich meine Ziele
nicht erreich!

So vergeht von meiner Lebenszeit –
Tag für Tag, so verschleudere ich
meine Freude und Zeit! Nichts bleibt
über außer; Leere und Traurigkeit!

Es sind die Ängste – die sie schüren!
Die abhängigen Mittel, so sie mit uns
spielen! Diese Gesellschaft, sie ist
asozial! Dreckig! Total perfide!

Ich bin so müde
Und ich bin so träge des Lebens
geworden!
Kaum noch ein rettendes Ufer!
Mein Kummer besteht aus –
Einem Meer toter Worte!

So viele Menschen auf dieser Welt
Doch jeder kümmert sich nur um
sich selbst!
Du musst sehen, wo du bleibst!
Niemand unterstützt dich, dass du
deine Ziele hier erreichst!

UNTERNEHMEN

Ich saß in dieser Verwaltung
Hatte keinerlei klare Instruktion
Die Kollegen baten um Auskunft,
so gab ich als Angestellter,
Information!

Keine 10 Minuten später –
Da klingelte mein schurloses Telefon
Die Infos seien alle doch intern!
So erhörte ich die Diskussion!

Bei allem was ich bisher erlebte –
So habe ich dasselbe mir gedacht,
Aufschlussreich und struktureller
Ablauf – hat sich hier nicht breit
gemacht!

Hier an dieser Arbeitsstätte –
Hier rühren alle in einem großen Topf
Jeder mischt bei, mit seiner Zutat!
Hier furzt der Arsch;
„Was macht der Kopf"!?

Die linke Hand sie fleißig tut –
Doch weiß die rechte, was sie nicht
tut!

Gesprochen wird hier von einem –
Gesunden **UNTERNEHMEN**
Um ein solches auch zu haben,
sollte man etwas *unternehmen*

Doch da ist schon ein Manko!
Des Fehlers Ansicht – Strich
darunterziehen!
Ein einziges, kleines, winziges Wort –
Einmal **GROß** und einmal *klein*
geschrieben!

Arbeitsstelle

Gibt's noch irgendwo in diesem
Leben, eine Arbeitsstelle -OHNE-
Chaos, Durcheinander, Konflikte oder
ohne Bauchschmerzen zu betreten!?

Ich bin so müde, erschöpft!
Schlafe ich doch derzeit – 10 Stunden
Wenn der Wecker klingelt, kann ich
nicht aufstehen! Ich bin so kaputt!

Ich quäle mich aus dem Bett heraus!
Türe auf, ich verlasse das Haus!
Gedankenspirale wieder voll im Gang!
Müdigkeit und Anspannung, auch
dieser Tag, er wird wieder lang!

So bin ich tagtäglich allein –
Allein mit meiner Verzweiflung
Gedanken kreisen, die Stimmung ist
echt richtig scheiße!
Ich will Arbeit ohne Stress und ohne
permanentes Leiden!

Diese Gedanken, auf ewig des
Lebens, an solche Plätze gehen
müssen!? Dass man dabei kaputt
geht, regelrecht zerstört wird –
Wir uns alle, da ja nichts vormachen
müssen!

Ich suche die Lösung
Ich benötige einen Ausweg aus dieser
Lage!
Meine Kräfte nehmen stetig ab!
In der Menge, Summer aller Tage!

Kapitel 4:
Politik und Wirtschaft

GLEICH!
Lebenskrampf
In den Bunker!
Aus der Welt gemacht
Beruflich (Teil I)
Privat (Teil II)
Um jeden Preis
Willst du wirklich?!
Politi-k'unst'
Geld, Geld, Geld
Idyllisch beschrieben
Corona-Politik
In Szene gesetzt

GLEICH!
Kontrovers/ Provokantes/ Anregung

Wir sollen GLEICH sein
Alle GLEICH sein!
Wir sollen arm sein!
Die da oben reich sein!

Wir sollen alle;
GLEICH; - nicht denken!
GLEICH; - nicht fühlen!
Sollen GLEICH funktionieren –
Unser Fleisch soll produzieren!

Alle im GLEICH-Schritt
Marsch!
Du kannst `frei' deiner –
Arbeit sein!

Wir sollen alle hier
Kinder zeugen!
GLEICH – aber auch –
Funktionieren!

Staatlich wird man GLEICH;
Unsere Kinder betreuen!
Unser Fleisch –
Es soll produzieren!

Wir dürfen warten!
Sie werden uns GLEICH führen!
Unser Fleisch soll –
Produzieren! Produzieren! Produzieren!

GLEICH-Schritt!
Marsch!
Wir sollen alle GLEICH gehörig sein!
Wir sollen alle GLEICH gefügig sein!

Wir tragen unsere Marken GLEICH
Alle sind wir GLEICH – auf einen Streich!
Wir tragen unsere Marken GLEICH!
Wir sind alle GLEICH!

Lebenskrampf

Niemand, ist sich eigentlich bewusst,
um meinen inneren harten Kampf!
Im Zahnrad der Gesellschaft, unter
Druck! So schreibe ich frei diese
Zeilen im Lebenskrampf!

Ich rudere tagtäglich doch –
Zwischen `8 Stunden-Rolle-Funktion'
Und zeitgleich gedanklich –
Bin ich schon bei der Fluktuation!

Diese leistungsorientierte
Gesellschaft macht mich krank und
müde! Wir leben jeden Tag, als ob es
keinen Morgen mehr gäbe!

Doch breche ich allein –
Aus diesem Zahnrad aus
So sorgt man für Ersatz!
Das Drehen, hört durch mich allein
nicht auf!

So seelenlose und gesteuerte
Individuen – Verloren des Lachens
und all der Freude –
Der Mensch feilt täglich an;
„Höher, schneller, besser"
Die Zukunft wird das Resultat von
heute!

So wirklich und wahrhaftig,
Kann ich nur sein –
In aller Ruhe und Stille,
ganz für mich allein!

Jeden Tag diese Überforderung,
die eintritt und sich fortsetzt!
Stimmung die kippt, zittern der
Nerven, die Emotion – sie fetzt!

In den Bunker

Ich könnte täglich
Meinen ganzen Frust beschreiben!
Weil die da oben, diese Gesellschaft –
In Scheiben schneiden!

Schichten schaffen
Sozialgeschwächte, Arbeiter und
Reiche –
Malochende,
die dieses System aufrechterhalten
lassen!

Hier wird ständig vermeldet –
Schulden über Schulden!
Haushaltskasse der Regierung,
Millionen gar Milliarden

Alles ist doch gelogen!
Von vorne bis hinten durch!
Politiker/innen ihre Scheine doch,
in den Bunker tragen!

Alles ist eine Lüge!
Wir werden verarscht und belogen!
Nachrichten sind manipuliert –
Hass wird gestreut und gesät!

Es ist Zeit zum Erwachen –
Sonst ist es eines Tages viel zu spät!

Politik und Wirtschaft –
Sie existiert in aller Dreistigkeit
Von wegen;
„Einigkeit und Recht und Freiheit"

Überzogene Steuer!
Überhöhte Wucherpreise!
Hört doch endlich auf,
mit der Grütze, verdammte Scheiße!

Aus der Welt gemacht

Ihr habt etwas aus dieser Welt
gemacht, ihr H****söhne!

Ihr habt die Menschheit zu Grunde
gerichtet!
Regelrecht zerstört!
Ihr tut so, als ob euch die Welt gehört
In meiner verwaltenden –
Tätigkeit
Da ziehen mir Infos durch den
Schädel, schlagen Wurzeln weit!

Einschlägige Berufs- und auch
Lebenserfahrung, Prüfungsinstanz –
Prüfbericht! Zu Protokoll –
„Leckt meinen Schw***z
Klassengesellschaft
Kriminelle politische Machenschaften
Gaunereien die, die Republik hier
krachen und bestaunen lassen!

Mehrwertsteuer, Kirchensteuer!
Abzocken mit dem Klingelbeutel
Den SATAN – den habt ihr erschaffen,
dieses grauenhafte Ungeheuer!

Beruflich (Teil I)

Ob 5 oder 8 Stunden-Job
Es sind permanent die 5 Tage –
Die schlagen mir aufs Gemüt,
auf mein Hirn und meinen „Kopp"!

Ich muss schreiben
Und ich muss dranbleiben
Voll im Element befinden und sein!
Warum ist es so schwer zu kapieren!?
Kann doch für euch nicht so schwer
sein!?

Ich suche Lösungen und Wege
Kurzatmigkeit, Anspannung,
Schwindel –
So ich tagtäglich lebe!
Was verdammt!?
Das Kribbeln mir, ich sehe nur das
Schreibmittel als Überlebens-Pflege!

Ich könnte heulen!
Ich könnte so laut schreien!
Ich verkrampfe,
doch bin ich am „relativ
Ruhigbleiben"

Ich sehe keine Lösung mehr –
Ich leide, ich leide –
Aber wem ich dies hier denn alles
noch schreibe!?

Was soll ich noch tun!?
Was soll ich noch machen!?
Kein kann in mich hineinsehen!
Kein kann und will mich verstehen!

Warum muss man immer
verdammtes Geld verdienen!?
Wenn die Berufung bei so Vielen,
bereits dadurch auf der Strecke
blieben!!!

Ich sitze so oft in den Gastro-Bars!
Innerliches Chaos!
Kurz vorm Nerven-KO!
Ich fühle und denke, das wars!

Ich bin so oft über- und auch
unterfordert! Ich muss texten,
schöpfen und kreieren!
Stupides oder multifunktionales ist
mir nix!
Nur funktionieren, daran gehe ich
kappt!

Scheint und will hier keiner kapieren!
Keiner will dies registrieren!

Ich leide am gesellschaftlichen
Scheiß!
System, Job, und kollegiales
asoziales Miteinander!
Ich bin psychisch im Arsch!
Beziehung auch gescheitert!
Was ein Durcheinander!

Wenn's hart auf hart kommt –
Dann hilft dir keiner!
Wenn du untergehst,
fällst du allein da!

Ob sie dich dann noch lieben?
Ob sie dann noch sagen; „Alles gut"!?
Du leidest jeden Tag deiner Wege,
deines Tuns, mit deinen Nerven,
deinem Schweiß, deinen Gefühlen –
und mit deinem Blut!

Nach HILFE suchen!?
Davor habe ich keine Scheu!
Doch wer kann dir noch helfen –
In der Gesellschaft von heut'!?

Hier sind doch alle mit kaputt!
Alle auch krank!
Gott habe Erbarmen,
ich bete um deine Gnade, vielen
Dank!

Dass ich mich, überhaupt noch –
Irgendwie über Wasser halte!
Narben der Seele sind tief!
Mein Hirn runzelt eine weiter Falte!

Wir sind Kinder der Ausgeburt!
Wir sind Kinder der Totenwelt!
Was wir auch denken, was wir fühlen
Ganz gleich ob es uns hier gefällt!

Kranke und kaputte Gesellschaft
Seelisches Leid –
Was der Mensch bisher angerichtet
und erreicht hat!

Unser eigenes –
Ganzes Leben schon vernarbt
Und es gibt –
Keine Rettung die uns naht!

Wir leben am Abgrund
Jeden Tag, so geht's steiler bergab!
Und irgendwann, ist da nichts mehr –
Was wir noch zu verlieren haben!

Wir werden manipuliert!
Wir werden geführt, radikalisiert!
Mit Hass und mit Wut –
So werden wir infiziert!

Wir sind die Marionetten!
Sie wollen, dass wir wie –
Instrumente alle funktionieren!
Wir sollen ohne Widerworte, fleißig
funktionieren und produzieren!

Privat (Teil II)

Ich habe lange Zeit
Geschwiegen!
War im Taumel meiner
Gefühle

Es ist so grausam!
So schmerzhaft traurig –
Dass ich meine Welt,
nicht mit deiner teilen kann!

Meine Träume
Die Ideen, die Ziele –
Und all die darin investierten
Emotionen und Gefühle!

Es ist so schwer,
denn wir kämpften –
Nicht gemeinsam für
Einen gemeinsamen Weg!

Du verstehst nicht mein Leiden
Bedingt dem gesellschaftlichen
Konstrukt!
Ich könnte wohl mein ganzes Leben
lang diese aufs Neue beschreiben!

Wir lebten nebeneinanderher!
Das Herz und meine Seele –
Es ist so unerträglich!
Unsagbar hart und schwer!

In der Gesellschaft,
schon längst verloren
Aber nicht mal angefangen zu leben,
das ist wie tot geboren!

Um jeden Preis

Ich habe viel um die Ohren
Ich habe reichlich tun
Da bleibt keine Zeit um –
Eben mal grad so auszuruh'n

Das Leben es is –
Hart und direkt: Business!
Tagtäglich kämpfen im Scheiß!
Sie wollen dich fallen sehen, um jeden
Preis!

Diese Gesellschaft, die vorgibt –
Immer allzu nett zu sein!
Sie spielen und tun auf „freundlich" –
Rammen die hinterrücks das Messer rein!
Sie legen deiner Wege Stolperfallen,
Äste, Stöcke, Stein, tritt in die Falle rein!

Sie sind alles! Außer sozial!
Die bescheißen dich nach Strich und
Faden, predigen dir etwas von Anstand,
Solidarität, Moral! Ihr könnt mich mal!

Willst du wirklich?!

Ich habe kilometerlange Leidenswege
hinter mir –
Meine Psyche und Seele, hat sich in der
Leere verfahren, dank dieser „guten"
Gesellschaft hier!

Jeden Tag bin ich in Gedanken
Sie rotieren, sie reflektieren!
Sie positionieren –
Sie formen sich!

So tief im kollektiven Sumpf versunken!
Am Abgrund – da;
lebe, befinde, kämpfe und
ÜBERLEBE ich!

Es befallen mich mehr und mehr –
Die Gefühle,
von all der Last zu ersticken!
Als ob, ich einfach nicht mehr kann!

Ich will so viel, wirklich gern!
Doch mir fehlt die Kraft!
Mir fehlt die Lebensfreude –
Besonders am Tag, der ist heute!

Herbstliches Grau!
Stimmung so trüb!
Es ist ab als ob, ich jeglichen Halt –
Gerade für immer verlier!

Und dann;
Keine Tränen – ich bin zu müde zum
Weinen!
Die Seele trägt ein Gewicht von
1000 Felsbrocken, harte Steine!

Und wenn so, wie gerade –
Gar nix mehr geht!
Kommen die Fragen,
die wie folgt aussehen!

„Willst du sie wirklich – gewinnen lassen?!
„Willst du, dass diese Fi**er, diese
A***geburten, wirklich gewinnen?!
„Willst du dies wirklich"?!

Nun steht wieder mal der –
Frust, Schmerz –
Die Verzweiflung, die Wut auf Papier!
Was hält mich noch aufrecht?!
In dieser Dreckswelt hier?!

Keiner weiß, wie es ist –
An Tagen, wo du zu nix in der Lage bist!
Die Schwerfälligkeit der **DE**pression
Vollgeladen der Kopf, ohnehin schon!

Keine Sonne!
Kein Licht am Tag!
Donnerwetter im Gemüt!
Derber Niederschlag!

Der Job ist zu viel!
Nur 5 Stunden am Tag!
Der Kopf er zieht durch den Sturm des
Untergangs, wie es keiner fühlen kann und
mag!

Es wird Zeit für einen Frischanstrich!
Auf der Suche nach etwas Positivem –
Dass die Seele mal wieder von Leichtigkeit
hier spricht!

Auf der Suche
Auf der Suche –
Doch ich,
ich finde nichts!

Politi-k'*unst*'

Zählt es unter die Kunst –
Über Missstände, Missempfinden,
gesellschaftliche Kritik –
Und auch Depressionen zu dichten!?

Ich denke, wenn;
Egozentriker, Diktatoren, Extremisten
regieren und Staatsoberhäupter sind, dann
darf die Kunst sein, über alles zu richten!

Die Form der Kunst –
Ist doch die einzige Freiheit,
die wir doch besitzen, jeder von uns!
Ob Gedanken, Bilder, Erzählung, völlig
gleich!

Kunst ist auch ein Ausdruck –
Von Haltung und Meinung!
Gerade Worte sind eine Art Mittel –
Um sich verbal in Konfrontationen zu
wehren!

Ob die Worte nun –
In Reimen sprechen,
sarkastisch, ironisch, oder gar in
absoluter Klarheit texten

Dies ist doch beliebig –
Denn es ist Kunst!
Sag, was du zu sagen hast!
Auf uns!

Politische Kunstgeschichte –
Denke, schreibe –
Verfasse und berichte!

Geld, Geld, Geld

Was soll noch werden – mit mir, aus mir!?
In Gedanken gefesselt, versunken!
Fühle mich am nüchternen Tag, wie
betäubt, besinnungslos betrunken!

Diese Gesellschaft, das ewige Müssen!
Mit Leistung, unter Druck, im vollen Stress!
Es ist so ermüdend, dass ich –
Mich und mein Leben total vergess`!

Ich gerate unter die Räder
Die Zeit des Lebens, sie rollt mich platt!
Meine Wehr entgegenzusetzen, es kostet
täglich meiner Lebenskraft!

So sitze ich wieder da –
Keine Rettung, keine Lösung dir mir naht!
Keine Hand die meine nimmt –
Die mich führt und man mir sagt;
„Auch das Elend mal sein Ende nimmt"!

Eingespannt fest in diesem System!
Allmählich fühle ich das Sterben in mir,
es ist ein grausames, langsames
Untergehen!

Geld, Geld, Geld!
Alles was hier zählt!
Ob du lebst, lachst, glücklich bist –
Alles scheißegal! Hauptsache du
funktionierst!

Ich leide!
Ich leide schon lange dieses Lebens!
Habe gehofft, gewünscht, versucht –
Dass es noch ein anderes wird geben!

Idyllisch beschrieben

Ganz dünn und fein –
Gar fast schon fädig war der Regen
Kaum sichtbar, kaum spürbar,
dass er fiel, dass er da war!

Nur durch das hellscheinende Licht des
Mondes, der die Nacht erleuchtete –
Und in dessen Schein sich rauchartige
Gemälde zeichneten, von den honen
Kaminen der Fabriken, die das Stadtbild
abzeichneten!

So lief er durch die Straßen
Er überquerte Kreuzungen, Bahnübergänge
Leichter Nebel, Nebelschwaden –
Welche auflockerten, verzogen, es krähten
in der Ferne, ein Schwarm von Raben!

Düster und geheimnisvoll –
Mit des Himmels Lichteffekten
Gar fast mystisch diese Nacht,
vielleicht der Grund, dass er keine Ruhe
fand!

So dunkel – schwarz –
Durch des Mondes Licht und die Laternen,
war es neblig-grau
Er lief und er lief und er lief –
Zur Auflockerung seines Gedankenstaus!

Poetisch, idyllisch beschrieben –
In der Art und Weise fein
Depression und Erschöpfung, Unruhe –
Können so literarisch, episch schön verfasst
sein!

Corona-Politik

Testen! Testen! Testen!
Je mehr ihr testet –
Desto mehr wir verdienen,
Teste gleich am besten!

Teste dich morgens, mittags, abends!
3x täglich wie das Zähneputzen!
Lass dich impfen, Spritze auffrischen!
Teste! Teste! Teste! Gleich am besten!

Die Inzidenz –
Zur Fälschung der Statistik,
sie nicht schwänzt!
Darum teste! Teste! Teste!
Teste gleich am besten!

3x täglich am besten!
Präge dir gut ein, du solltest dich testen!
Die Experten raten zu testen!
2G, 3G, lass mal Lockdown
So viele neue Begriffe seit Corona –
Es lohnt sich wahrlich eine Rückschau!

Lockdown light, Lockdown
Long-Covid, Corona-Test!
FFP2 – Medizinische Maske, alles gut!
Containerzentren für Corona-Test!

Am Parkplatz beim Supermarkt!

Was die nicht alles tun, dass man hier

Immer doch Geld bezahlt!

Impfstoffentwicklung – Impfstoff-
Herstellungsversgen! Rede und Vorträge,
sie labern alle herum – all die Politiker-
Visagen!

In meinem Leben ist schon eine Menge
durchgezogen, vieles ist vorbeigeschossen!
Wirtschaftskrise und nun wird wieder mal
die nächste Covid-Welle ausgesprochen!

In Szene gesetzt

Mit vollgeballertem Kopf und mit
zugedröhntem Schädel –
So diktiere ich hier einen weiteren Text!
Er ist frei jeglicher Fantasie!

Voll in Szene gesetzt – von der Realität!
Für ein „Pakt der Hoffnung" –
Ist es scheinbar in jederlei Hinsicht,
lange schon zu spät!

Wo geht's nach Utopia!?
Ins Land der tollen Träume!?
Ich sehe bloß seelenlose Hüllen –
In leblosen, verwahrlosten Räumen!

Beschwerden und Gerangel
Verfaulte Köder an der Angel!
Reklamation, Null-Punkte Rezension!
Das ist die Gesellschaft! Bitte, bitte – gern!
Für diese derart, tolle Präsentation!

Kranke und kaputte Welt!
Was noch tun zur Prävention!?
Seelische Fragmente, Schutt und Asche
Sorgen und Kummer sind präsent „Ga-
Gong"!

Der letzte Text im Buch
Mit ihm klappe ich dieses zu!
Friss oder stirb! Nimm's für dich –
Oder „take 2"

So wie es ist,
so ist absolut nichts mehr im Lot!
Alles wie es ist –
So ist „Holland in Not"

Veränderungen –
Emotionale Kontrollen
Arbeitsplatz das große Fragezeichen!
Die Unbekannte! Spannende Zeiten!

Wie wird die Richtung sein!?
Anderer Kurs, auf jeden Fall!
Wenn alles bleibt, so wie es ist –
Bekommen wir alle einen Knall!

Tagsüber leiden, so funktionieren!
Nach der Pflichtzeit – Zusammenbruch!
Abends dann erschöpft vegetieren!
Da hilft nicht mal mehr, der beste Spruch!

Neue Quelle der Energie definieren!
Mehr leben, als ständig nur funktionieren!
LMAA-Einstellung zur Welt überprüfen!
Bestätigen – und fest installieren!

Wir leben so nüchtern!
In einem wahren Rauschzustand!
Das Rad dreht sich, die Mühle mahlt
Fleißig und produktiv: Deutschland!

Hier geht vieles den „Bach runter"!
Alle warten auf ein Wunder!
Was bringt es denn, alles was ich festhalte!?
Es ist wie es ist, die Gesellschaft lebt –
gespaltet –

Outro: Ausschusswort

ERFOLGREICH INTEGRIERT-
DIES IST DIE BRD *(EU-VERSION)*

Mein Frust und meine Wut –
Haben sich dermaßen aufgestaut
Darum habe ich in diesem Buch,
diese Kapitel-Episoden
zusammengeschraubt!

Achte worauf es alles enDEt –
Und wie es beginnt
DEpression und MüDE –
DEutschland.de so erklingt!

Das ist ein überteuertes Leben!
Fleißig sind sie die Steuern am Erheben!
Deren Nächstenliebe besteht aus –
-Nur nehmen, nix geben-!!!

Ich muss über all dieses Geschehen –
All meine Werke verfassen!
Ich muss so wie sie sind,
all meine Schriftstücke schreiben!

Die nennen es –
„KUNST BETREIBEN"
Für mich ist es das Mittel, aller Mittel
Um am Leben zu bleiben!

Du hast keine Ahnung, von was ich hier
tu!? NO PROPLEM!
Hör einfach zu, ich erörtere es –
Keinen Grund für ein Dankeschön!
Bitte, bitte, gern geschehen!
So gehört sich des!

Wie soll ich mich schon fühlen!?
In meiner gescheiterten Existenz!?
Die Leute sie meinen zu mir, im Alter wirst
du gescheiter! Jop! Danke! Ich hoffe ich
erkenn's!

Die Aufregung –
Das endlich mal -positive Kribbeln-
Meines Körpers!
Der Weg dieses Buches!
Verstehst du nicht!? Warte ich erörter's!

Der Strom der da fließt, die Energie –
All die Kräfte der verwendeten Wörter
Vielleicht ist Gott der Herr mir gnädig?
Meine Gebete, hört er sie etwa!?

Neben all den Funktionen, die sie
auferlegen und den beschissenen Jobs!
So tue ich Werk an meiner Berufung,
nach dem hier kommt mehr, alle mal doch!

Das Ding hier muss raus –
Diese literarische Bombe muss platzen!
Auf Kosten des Steuerzahlers, alles normal,
wie auch sonst, der „kleine Mann" darf
„latsen"

Die da oben planen schwere Feten –
Große Feiern wollen sie machen,
du sollst hier unten nur malochen, alles
andere mal schön sein lassen!